DÉJANIRE

TRAGEDIE
en 4 actes
DE (FEU)
Louis GALLET
MUSIQUE
DE
Camille
SAINT-SAENS

DEUXIEME
REPRESENTATION

BEZIERS
27 et 29 Août
1899

SAINT-ÉTIENNE
SOCIÉTÉ DE L'IMPRIMERIE MODERNE STÉPHANOISE
PLOTON, CHAVE & BOUSSARD, Directeurs.
—
1899

Arènes de Béziers

DÉJANIRE

1899

DISTRIBUTION

HERCULE	MM.	DORIVAL.
PHILOCTÈTE . . .		DAUVILLIERS.
IOLE	MM^{es}	SEGOND-WEBER.
DÉJANIRE		CORA LAPARCERIE.
PHÉNICE		O. DE FEHL.

LICHAS, chef des Héraclides, personnage muet. — Chœurs. — Les Héraclides, compagnons d'Hercule. — Les Œchaliennes, compagnes d'Iole. — Les Etoliennes de la suite de Déjanire.

Soli chantés par M. DUC et Mlle BOURGEOIS de l'Opéra.

DÉJANIRE

HISTORIQUE

L'illustre compositeur Saint-Saëns connaissait les arènes de Béziers nouvellement construites, lorsqu'il assista à une représentation du théâtre d'Orange.

La reconstitution du théâtre antique lui parut présenter de grands vides.

Et il pensa ensuite qu'ils pourraient être comblés avec les ressources que possède le théâtre moderne.

La représentation en plein jour et en plein air le séduisait, mais il comprit que le spectacle tel que les Grecs et les Romains en avaient fixé le cadre pouvait être étendu et complété.

La tragédie parlée lui sembla devoir être conservée, car la foule aime le dialogue qui reflète l'action elle-même du drame. Mais il songea à faire intervenir la musique dont les vibrantes effluves agiraient sur l'âme des spectateurs, tandis que les péripéties tragiques se dérouleraient sur la scène.

Il voulut encore que la danse eût sa place dans son œuvre, afin que tous les sens fussent captivés.

Tel est le programme que traça le Maître, lequel mettait à contribution la Tragédie, la Musique et la Danse.

Dès que le plan fut conçu et arrêté dans l'esprit de M. Saint-Saëns, il le communiqua à M. Louis Gallet, le célèbre librettiste qui se chargea avec joie d'écrire la tragédie.

Il enfanta sa belle *Déjanire*, laquelle couronna sa carrière dramatique et fut son chant du cygne !

Le 30 mai 1898, le regretté Gallet envoyait à M. Castelbon de Beauxhostes son œuvre avec la mention suivante :

[dédicace manuscrite]

> À Monsieur F. Castelbon de Beauxhostes
>
> Président du Comité
>
> des Fêtes de Béziers,
>
> est très amicalement Dédiée
>
> Cette " Déjanire "
>
> Qu'il ni devra la lumière.
>
> Louis Gallet
>
> Béziers, 30 mai 1898.

M. Jambon brossa le merveilleux décor qui fit l'admiration de tous et il ne contribua pas peu au succès de la nouvelle œuvre.

La première représentation eut lieu le 28 août 1898. Une foule énorme remplissait le vaste cirque.

C'est la troupe de l'Odéon qui interpréta la tragédie aux applaudissements enthousiastes de dix mille spectateurs.

L'orchestre, conduit par M. Saint-Saëns lui-même, comprenait deux cent cinquante exécutants, et les chœurs étaient chantés par soixante choristes hommes et autant de dames.

Soixante danseuses évoluaient à l'acte final.

Tout fut merveilleux.

Mais laissons la parole aux journaux locaux et régionaux qui rendirent compte de cette première.

La seconde représentation eut lieu le lendemain et attira un public aussi nombreux et aussi enthousiaste que la veille.

La tentative inspirée par l'amour de l'art le plus pur et entreprise avec le désintéressement le plus absolu avait réussi au delà de toutes les prévisions.

MM. Saint-Saëns et Gallet avaient frayé un nouveau chemin pour faire vibrer l'âme des grandes foules et leur noble tentative avait été couronnée du plus grandiose succès que l'on pût rêver.

LA PRESSE

L'*Eclair*, de Montpellier :

En résumé, c'est un succès colossal. Plus que cela même, c'est un véritable triomphe !

L'œuvre admirable et grandiose de Saint-Saëns et Gallet renfermait un double problème : celui de la décentralisation artistique et aussi celui de la tentative de la régénération du théâtre. L'un et l'autre ont eu une solution éclatante.

La nouvelle voie a été glorieusement tracée à Béziers par le maître de l'école française et par son éminent collaborateur Louis Gallet.

Le nouveau champ est vaste et plein d'avenir. Il est ouvert au génie qui pourra y planer en toute liberté, débarrassé des langes du théâtre moderne.

Cette scène qui a pour voûte le ciel lui-même et dont l'acoustique est si parfaite que les moindres inflexions de voix parviennent à tous les spectateurs, cette scène est bien celle qui convient à la renaissance artistique dont le drapeau vient d'être victorieusement planté à Béziers.

Honneur et gloire donc à Saint-Saëns et Gallet !

Marius DECAVATA.

Le *Petit Méridional* :

Triomphe sur toute la ligne, Béziers peut être fier de sa *Déjanire*.

Grand succès pour M. Duc, M. Dorival et M. Laparcerie, dix mille spectateurs ont acclamé le maître Saint-Saëns, Gallet, et Castelbon de Beauxhostes.

Le *Publicateur*, de Béziers :

Dix mille spectateurs ont écouté religieusement *Déjanire*. Le décor était merveilleux. Tout a été grandiose. Mme *Laparcerie* superbe dans Déjanire.

Mme Segond-Weber admirable.

Mlle Bourgeois a eu les honneurs de cette mémorable journée.

Grand succès pour M. Dorival, et notre compatriote M. Duc.

L'*Union Républicaine* :

La presse parisienne fait le plus grand éloge de nos deux représentations. Ce qu'on peut affirmer c'est que l'œuvre de Gallet a été acclamée par dix mille spectateurs.

Le *Figaro* :

Tout d'abord, la nouveauté du spectacle a surpris quelque peu le public, mais il prit vite goût à l'action et à partir du second acte, il fut littéralement empoigné par les péripéties de la magnifique tragédie.

A la fin du second acte, les spectateurs étaient complètement saisis et enlevés. De longues acclamations retentissent et les noms de Saint-Saëns et de Louis Gallet sont mille fois répétés. Le maître salue, puis, prenant par la main son éminent collaborateur, le présente à la foule enthousiasmée.

Mlle Bourgeois a été l'objet de chaleureuses manifestations à l'invocation d'Eros. Son succès est largement partagé par M. Duc.

Enfin, lorsque le chœur final eut lancé ses dernières notes, tous les spectateurs se lèvent et se livrent à d'enthousiastes et frénétiques acclamations qu'ils adressent à Saint-Saëns, à Gallet, aux remarquables artistes de l'Odéon, à Duc, et à Mlle Bourgeois. Le poète et le compositeur se donnent l'accolade. Les acclamations redoublent alors. L'enthousiasme est à son comble.

C'est un véritable délire. Les auteurs montent sur la scène et serrent avec effusion les mains des artistes qui ont contribué au succès de l'œuvre.

La foule s'écoule charmée et fascinée par la beauté d'un spectacle que rien ne saurait égaler.

La recette dépasse quatre-vingt mille francs.

CHARLES-CAMILLE SAINT-SAËNS

Membre de l'Institut

M. Charles-Camille SAINT-SAËNS est né à Paris, le 9 octobre 1835.

Dès l'âge le plus tendre, il commence l'étude du piano, et à l'âge de cinq ans, il pouvait déchiffrer, sans faute, une partition.

Ces étonnantes dispositions révélaient une organisation musicale rare. A sept ans, il a pour maîtres Maleden et Halévy.

A l'âge de quatorze ans, il remporte un prix d'orgue.

A seize ans, il fait exécuter sa première grande *Symphonie en mi bémol*, quelques années plus tard, une autre symphonie en *fa*.

Il aborde le théâtre en 1872 avec la *Princesse Jaune*, opéra comique en un acte de L. Gallet, représenté sur la scène de l'Opéra-Comique le 18 juin 1872.

Puis le *Timbre d'Argent*, drame lyrique en 4 actes de J. Barbier et M. Carré, représenté sur le Théâtre lyrique en 1877. La même année, il fait représenter *Samson et Dalila*, opéra en 4 actes de F. Lemaire, au Théâtre grand-ducal de Weimar. Ce chef-d'œuvre qui place Saint-Saëns à la tête des compositeurs français est représenté à Rouen, au Théâtre des Arts, le 3 mars 1890, et enfin le 23 novembre 1892 à l'Opéra de Paris.

Les opéras qu'a produits depuis lors M. Saint-Saëns sont : *Etienne Marcel,* 4 actes; *Henri VIII,* 4 actes; *Robespierre,* 4 actes; *Ascanio,* 5 actes; *Javotte,* ballet en 2 actes, et enfin *Déjanire.*

Le Maître a composé, en outre, un grand nombre d'œuvres symphoniques, des cantates, des odes, de la musique religieuse, messes, motets, etc., des morceaux de concert, des gavottes, sonates, romances, mélodies, etc.

M. Saint-Saëns a réagi contre les tendances wagnériennes qui menaçaient de submerger l'école française, dont il reste le vaillant champion.

M. Saint-Saëns est membre de l'Académie des Beaux-Arts, ainsi que de l'Académie des Beaux-Arts de Bruxelles.

Il est commandeur de la Légion d'honneur.

Nous savons qu'il travaille à une grande œuvre musicale, plus importante encore que *Déjanire,* et qui sera représentée aux arènes de Béziers en 1900, dans un an !

M. Louis GALLET

M. GALLET (Louis-Marie-Alexandre) est un auteur dramatique dont l'œuvre est très importante.

Il naquit à Valence (Drôme), le 14 février 1835, où il fit ses études classiques, couronnées par le baccalauréat ès-lettres. Il entre dans la carrière administrative, qui l'a conduit aux fonctions d'inspecteur général de l'Assistance publique, tout en s'occupant constamment de littérature.

Gallet est mort en 1899.

M. CASTELBON DE BEAUXHOSTES

M. Castelbon de Beauxhostes (Ferpand) a mérité le titre glorieux de Mécène biterrois, par les nombreux sacrifices qu'il s'est imposés pour faire prospérer tout ce qui touche de près ou de loin à l'art musical.

Il devient président de la Lyre en 1886, et sous sa haute direction cette Société a remporté de véritables triomphes dans les plus importants concours.

Devenu l'ami à la fois des grands compositeurs Massenet et Saint-Saëns, Béziers a eu l'honneur, à plusieurs reprises, de recevoir la visite de ces Maîtres.

Mais ce qui a porté au plus haut point la renommée de notre dévoué et sympathique compatriote, c'est l'organisation des inoubliables représentations de *Déjanire*.

Il n'a pas été seulement l'organisateur de ce chef-d'œuvre littéraire et musical, mais encore le protagoniste.

C'est lui qui se chargea de tout le côté matériel de la représentation, pour permettre à Gallet et à Saint-Saëns de s'absorber dans leur création en les affranchissant de toute préoccupation prosaïque.

Sa foi était entière, et si auteur et compositeur avaient pu éprouver quelque moment de doute ou de défaillance, il aurait remonté leur courage.

Son labeur fut immense et il ne compta ni son temps, ni ses peines, ni les lourds sacrifices qu'il s'imposa.

Aussi, lorsque le public enthousiasmé acclama Saint-Saëns et Gallet, il voulut que M. Castelbon de Beauxhostes partageât les mêmes ovations. Elles étaient bien méritées.

Des Biterrois qui avaient compris et apprécié la part qui revenait à notre compatriote de ce beau triomphe songèrent à en perpétuer le souvenir en faisant placer une plaque de marbre sur un des murs intérieurs des arènes.

L'inscription suivante est gravée sur ce marbre :

HOMMAGE A M. CASTELBON DE BEAUXHOSTES

LE PROMOTEUR ET L'ORGANISATEUR

DE " DÉJANIRE ", REPRÉSENTÉE LE 28 AOUT 1898

DÉJANIRE

ANALYSE DE LA TRAGÉDIE

Premier acte

Devant le palais d'Œchalie, une cour relie les degrés des deux portiques.

A droite, le portique conduit au Gynécée ; à gauche, à l'intérieur du palais principal.

Au fond, parmi les arbres, des serviteurs élèvent un bûcher. Des guirlandes éclatantes et des images sacrées ornent déjà les angles.

On entend une symphonie pendant que les serviteurs se retirent.

SYMPHONIE

DOUBLE CHŒUR

Les Héraclides devant le Palais

Hercule, fils d'Alcmène et du plus grand des Dieux,
N'a plus de monstres à combattre.
Tout cède à son bras glorieux !

Ses membres sont invulnérables,
Le fer s'émousse en les frappant,
Et dans sa vigueur indomptable,
Il brave et provoque la mort.

Il n'a qu'à montrer son visage,
Tout ce qu'il veut vaincre est vaincu.
Ainsi les remparts d'Œchalie
Sont tombés rien qu'à son regard.

Le tyran Eurytus a péri Las de gloire,
Hercule goûte en paix le fruit de sa victoire.
Tout un peuple tremble à ses pieds.

Mᵐᵉ SEGOND-WEBER

Mᵐᵉ Segond-Weber est née à Paris, en 1869, au faubourg Saint-Antoine. Son père fut fusillé pendant la Commune. En 1878, elle obtint le prix de déclamation dans le concours des écoles de Paris, entra au Conservatoire à l'âge de dix-sept ans, et en sortit un an après, pour aller à l'Odéon. Elle entre à la Comédie Française l'année suivante, mais elle retourne à l'Odéon cédant aux instances de M. Porel. Elle a, depuis, remporté de continuels triomphes. Telle est la tragédienne qui traduira les accents d'Iole.

La fille d'Eurytus, Iole, est sa captive.,
Et ce bûcher, demain,
Gigantesque flambeau d'hymen,
Hommage du héros à Jupiter son père,
Va dire au ciel comme à la terre
Le respect filial et l'amour triomphant.

Les Œchaliennes sont réunies devant le Gynécée

Iole, hélas! triste victime
Quel fut ton crime?
Q'as-tu donc fait aux Dieux?
Rouge encore du sang de ton père,
Le farouche vainqueur ajoute à ta misère.
L'outrage affreux de son désir.

LE CORYPHÉE

Quel rocher, quel marbre insensible
Mit au jour cet homme cruel?

Iole, quand il t'aura prise,
Quand le sol de notre cité
Se couvrira d'herbes sauvages,
Et quand ses temples abattus
Seront l'abri des bêtes fauves
O ma sœur, que deviendrons-nous?

LES ŒCHALIENNES

O sombre mort impitoyable
Tu frappes les heureux, tu fuis les misérables;
Il ne faudra que peu de jours
Pour qu'on cherche la place où fut notre patrie.
Délivre-nous d'abord du fardeau de la vie.

Hercule, fils d'Alcmène et du plus grand des Dieux,
N'a plus de monstres à combattre;
Tout cède à son bras glorieux!

. . . .

Le coryphée annonce l'arrivée d'Hercule et de Philoctète.
Les chœurs se retirent. Hercule et Philoctète apparaissent.
Hercule fait connaître à son confident l'état de son âme.

Mˡˡᵉ Armande BOURGEOIS

Mˡˡᵉ Armande Bourgeois est née à Boston (Etats-Unis), de parents français. Douée d'une belle voix, elle fut encouragée par le ténor Duc à travailler le chant. Après deux mois d'études, sous la direction de Mˡˡᵉ Kohl, elle était engagée, le 5 février 1894, à l'Académie Nationale. Elle débuta brillamment à l'âge de 20 ans dans la *Walkirie*, Mˡˡᵉ Bourgeois obtint également de beaux succès à Lyon et à Bordeaux.

Le maître Saint-Saëns, frappé de sa belle voix, lui a fait le grand honneur d'écrire pour elle la partie de *Déjanire* dans laquelle Mˡˡᵉ Bourgeois sut conquérir l'auditoire de cette grande et imposante solennité musicale.

Après avoir purgé la terre de tant de fléaux, il sent que l'implacable Junon a suscité dans son cœur un criminel amour qui le dévore. Il aime Iole, fille du roi Eurytus, qu'il a tué de sa main.

Philoctète, qui aime aussi la jeune princesse est consterné. Hercule veut qu'il l'aide dans l'accomplissement de son projet parce qu'il lui suppose quelque ascendant sur Iole. Il le charge d'aller lui annoncer son amour et aussi l'heure de la cérémonie nuptiale, qui sera célébrée devant le bûcher que l'on dresse. Ensuite, il devra se rendre à Calydon pour préparer la reine Déjanire à ce coup. Phénice, envoyée par Déjanire, paraît, Deux serviteurs l'accompagnent. Elle s'adresse à Hercule et lui dit qu'elle est envoyée par Déjanire qui, lasse de pleurer dans son palais, et d'implorer les Dieux pour son retour, est venue le trouver. L'arrivée de Déjanire cause un désagréable étonnement à Hercule. Il dit à la nourrice de la reine de retourner vers Déjanire et de lui annoncer que le Destin jaloux le sépare à jamais d'elle. Qu'elle retourne résignée à Calydon qu'elle n'aurait pas dû quitter.

Phénice est épouvantée de ce qu'elle entend. Son exaltation est extrême et elle prédit au héros de grands malheurs. Elle s'éloigne levant les bras au ciel.

Hercule ordonne à Philoctète d'aller dans le Gynécée prévenir Iole de ses desseins. Resté seul, Philoctète se livre au désespoir. Iole vient à lui pour réclamer sa protection contre son farouche vainqueur. Le confident d'Hercule lui apprend quels projets son maître a formés.

Mais Iole n'en est point surprise, car ses compagnes lui ont dit pour quel motif s'élevait l'autel. Philoctète la croit résignée, mais la princesse le rassure et le charge d'aller dire à Hercule qu'il renonce à l'espoir de la posséder. Enfin elle avoue à Philoctète qu'elle n'aime que lui et l'engage à espérer.

Elle s'éloigne : Paraît le chœur précédant l'entrée de Déjanire.

LE CHŒUR DES HÉRACLIDES

Comme la Ménade en délire
Sous le souffle ardent de son Dieu,
Comme ta pâle Tisyphone
Dans le vol noir de ses cheveux,
Déjanire accourt furieuse,
Les doigts crispés, les yeux ardents.

Une tigresse d'Arménie
Est moins redoutable au chasseur.
A la voir s'avancer superbe,
Criant sa honte et sa douleur,
Saisi d'une terreur sacrée
Le peuple évite ses regards.

Mᴸᴸᴱ Cora LAPARCERIE

Mᴸᴸᵉ Cora Laparcerie, une très jeune et très méridionale comédienne de race. C'est une belle, une expressive personne, à la bouche épanouie pour les tendres modulations comme pour les imprécations pathétiques, aux grands yeux noirs, à la voix émouvante et superbement timbrée. Engagée depuis trois ans à l'Odéon, y joue le répertoire classique. Parmi ses dernières créations, citons : *Richelieu*, le *Don Juan*, d'Harencourt, la *Double Méprise*, de Victor Marguerite, etc., et enfin, tout récemment, le *Chien de garde*, de Richepin. A joué à Bruxelles pendant l'Exposition, y a remporté un gros succès de public et de presse ; s'est fait applaudir plusieurs fois à l'Odéon dans les poèmes provençaux du poète Mistral. Vient de refuser un très brillant engagement au Théâtre impérial de Saint-Pétersbourg pour renouveler avec l'Odéon. Son succès fut colossal dans *Déjanire*.

Déjanire paraît les cheveux et les vêtements en désordre. Elle descend de son char et invoque Junon pour tirer vengeance de l'outrage qui lui est fait.

Phénice cherche à la consoler.

Déjanire jure de se venger de sa rivale et refuse de voir Hercule avant de connaître Iole. Elle entre dans le Gynécée avec Phénice et sa suite.

Musique de scène

. . . .

SCÈNE DU PREMIER ACTE

(Arrivée de Déjanire)

Deuxième acte

Dans le Gynécée

Iole, au milieu de ses compagnes, gémit sur l'horrible destinée qui la livre au meurtrier de son père. Elle implore les Dieux pour la faire échapper à son sort, par quelque métamorphose. Les portes s'ouvrent pour livrer passage à Déjanire et à sa suite. Iole se lève toute troublée. Déjanire lui parle avec rudesse et la défie. Elle lui répond avec fermeté. Mais la reine se répand en menaces. Captive du héros, elle lui dit qu'elle sera enchaînée à son char et lui jure qu'elle vivante, Hercule ne peut appartenir à une autre femme. Iole se défend d'être l'auteur du coup qui frappe la reine. On annonce l'arrivée d'Hercule. Celui-ci ordonne à tous de sortir et il reste seul avec Déjanire.

Il reproche à la reine sa désobéissance et sa révolte. Oserait-elle le juger et le condamner ? Lui seul est juge et condamne ! Déjanire courbe la tête ; sa colère peu à peu s'évanouit et elle n'a plus la force de maudire son époux. Elle ne se réclame que de l'inviolable amour qui l'unit à lui. Hercule, sans se laisser fléchir par les doux souvenirs qu'elle lui rappelle, ne lui impose que son obéissance au Destin qui les sépare à jamais. Il lui ordonne de retourner à Calydon.

Déjanire y consent, mais elle veut emmener Iole. Hercule jure par le Styx que cela ne sera pas.

Déjanire se livre alors aux ardents transports d'une violente colère. Elle refuse de partir et brave son époux en le menaçant du courroux des Dieux. Elle sort. Hercule fait appeler Philoctète et lui demande ce qu'a répondu Iole. Le confident lui apprend que la princesse a déclaré qu'entre Hercule et elle le sang met une inflexible barrière. Il le charge d'aller surveiller Déjanire. Au même instant, entre Iole qu'on est allé prendre, Hercule, sans autre ménagement, avoue son amour à la fille d'Eurytus et offre d'effacer le passé en la prenant pour épouse. Iole résiste.

Hercule s'abandonne à ses transports, mais il ne peut la

vaincre. Il la soupçonne d'aimer quelqu'un et lui demande le nom de son rival. Elle refuse de le nommer. Cet aveu irrite Hercule qui se contient pour découvrir celui qui aime la princesse. Philoctète paraît. A ce nom, Iole retient un cri et jette vers lui un regard éperdu. Hercule a deviné ; c'est Philoctète qui est son rival. Il l'accable des plus amers reproches. Philoctète avoue son amour. Iole se précipite vers lui et les deux amants jurent de rester unis dans la vie et à la mort. Hercule éprouve un grand courroux et se livre à de violentes imprécations. Il ordonne à Lidias d'arrêter le traître. Dans sa fureur, il jure d'épouvanter le monde par la vengeance qu'il médite.

· ·

INTERMÈDE

· ·

SCÈNE DU DEUXIÈME ACTE

M. DORIVAL

M. Dorival, élève de Sylvain, obtint le prix de tragédie des concours de 1896, au Conservatoire de Paris. Engagé à l'Odéon, il débute brillamment par sa création du *Chemineau*, de Jean Richepin (rôle de Toinet), joue successivement tout le répertoire classique : *Athalie, Polyeucte, Britannicus, Horace, OEdipe*, etc., etc. Choisi par Léon Bourgeois, exécuteur testamentaire des dernières volontés du maître Daudet, pour jouer, dans l'*Arlésienne,* le beau rôle de Frédéric, il y fut très remarqué et contribua beaucoup au grand éclat de ces représentations.

Vient de créer, à l'Odéon, tout récemment Paul Renaud, dans le *Chien de garde,* le puissant drame de Richepin.

Il joua Hercule à la perfection dans l'œuvre de MM. Gallet et Saint-Saëns.

SYMPHONIE DE CHŒURS

FEMMES

Dans un déchaînement d'orage
Le héros éperdu s'enfuit.
Comme toujours impitoyable,
Haineuse Junon le poursuit.
Il n'est plus maître de lui-même
Il ne dirige plus sa main.

HOMMES

La Gorgone souffle sa rage
Dans son âme pleine de nuit,
Celui qui commande à la terre
Fléchit sous l'injuste destin.
Il n'est plus maître de lui-même
Il ne dirige plus sa main.

CORYPHÉE

Fuyez voraces Euménides
Loin de son front votre essaim noir.
Tirez les présages divins.
Jupiter qui voit ses épreuves
Ne peut abandonner son fils !
Il ne peut vouloir que succombe
L'universel libérateur !

CORYPHÉE

Vierge prudente et sage
Accours l'olivier dans la main,
Rassure les âmes tremblantes,
Apaise les ressentiments !

CORYPHÉE TÉNOR AVEC LE CHŒUR

Naguère des voix fatidiques
Ont prédit qu'Hercule en ce lieu
Verrait le terme de sa vie,
Et retournerait vers les Dieux !
Prêtres offrez un sacrifice,
Interrogez l'abîme obscur
Du sang fumant des holocaustes.

M. V. DUC

(Opéra)

Né à Béziers, le 24 février 1858. Il tire au sort en 1879, et est versé au 6ᵉ de ligne. En 1880, il est reçu à l'école de Joinville-le-Pont. En 1882, il se présente au Conservatoire, où il est admis. Il obtint les premiers prix de chant et d'opéra en 1885, et il est engagé à l'Opéra avant sa sortie du Conservatoire. Ses débuts dans *Guillaume Tell* eurent lieu le 31 août 1885. Son succès fut retentissant. Il chante successivement la *Juive* et les *Huguenots*. En 1886, il créa le rôle de Karlo, de *Patrie*.

Il quitta l'Opéra après l'incendie des décors, en 1893. Il a, depuis, chanté à Madrid, Lisbonne, Milan, Genève, Buenos-Ayres, Montevideo.

La superbe voix de M. Duc fit merveille dans les soli des Héra-clides.

SYMPHONIE

Tout le chœur emplit la scène.

CHŒURS, FEMMES

O terrible nuit pleine de fantômes !
Mes sœurs avez-vous entendu les airs de la Thessalienne?
Phénice invoquait lamentablement
Le pouvoir de la triple Hécate.
Des grondements d'orage ont traversé le ciel !
Mais qui saurait conjurer les Puissances,
Si la fatalité nous courbe sous sa main.

Déjanire revient frémissante et pâle...
Eloignons-nous...

Mlle ODETTE DE FEHL

Mlle ODETTE DE FEHL, à sa sortie du Conservatoire, est demandée au Théâtre-Libre pour créer *Rollande*, de L. de Gramont. Remporta dans cette brillante création un succès qui décida de son engagement immédiat à l'Odéon.

Elvire, du *Don Juan* de Molière, fut son rôle de début. Elle tient, depuis, l'emploi des grandes coquettes, où sa beauté resplendissante ajoute encore à son talent sobre et classique. Au théâtre du Châtelet, entre temps, a créé la Parinia de *Catherine de Russie*, la belle œuvre de Ginistry et Samson.

Personnifiait, dans *Déjanire*, la prophétesse Phénice, où sa prestance faisait merveille.

Troisième acte

Déjanire est dans le plus profond accablement. Phénice se tient auprès d'elle et cherche à lui persuader d'employer les enchantements, dont elle connaît les secrets, pour lui ramener Hercule. La prophétesse se vante d'avoir arrêté la foudre dans les airs et soulevé la mer, sans le secours des vents !

Déjanire dédaigne de semblables moyens. Elle hésite même à faire usage d'un précieux talisman, parce qu'elle craint qu'il ne possède quelque funeste vertu. Elle ne voudrait devoir Hercule qu'à elle seule. On entend une musique qui ponctue le récit. Déjanire raconte à sa nourrice comment Hercule la sauva, alors que le centaure Nessus, après lui avoir fait traverser le fleuve Erynus l'emportait dans son antre.

Son époux tendit son arc et la flèche vengeresse frappa mortellement le Centaure. Mais avant de mourir, il lui fit don d'une tunique qui possédait, dit-il, le pouvoir magique de fixer l'amour. Il suffit que l'infidèle revête la robe enchanteresse pour que l'amour renaisse aussitôt. Déjanire éprouvera l'effet de ce charme, si Hercule ne revient à elle.

Iole paraît avec les Œchaliennes. Elle se prosterne aux pieds de la reine et la conjure de la sauver. Elle s'offre à la suivre comme une humble esclave pour échapper à Hercule qu'elle n'aime pas. Elle n'aime que Philoctète. Cet aveu remplit Déjanire de joie. Elle consent à la dérober à Hercule et à fuir avec elle. Elle ordonne de faire préparer les chars et de prévenir les cavaliers.

CHŒUR

Dans la nuit, avec des cris sauvages,
Par les bois, les monts et les rivages,
Il a fui comme un lion blessé.
Il allait déracinant les roches,
Arrachant les saules chevelus.
Les bergers fuyaient à son approche
Et Phœbé cachait sa face pâle
Dans la nue, au fond du grand ciel nôir.

. . . .

Mais Hercule revient ; il est abattu. Déjanire feint la résignation et lui fait ses adieux. Elle sort. Sa sérénité fait craindre

M. Henri DAUVILLIERS

M. Henri DAUVILLIERS est né à Paris, en 1870; entra au Conservatoire en 1891. Il obtint un immense succès au concours de 1893, et fut engagé au Gymnase qu'il quitte plus tard pour l'Odéon où nous le retrouvons. Le rôle de Philoctète ne saurait avoir de meilleur interprète.

au héros quelque perfidie. Il aperçoit Iole qui s'avance voilée, prête à fuir. Il l'arrête, et voulant à tout prix qu'elle devienne son épouse, il menace de faire mettre Philoctète à mort, si elle le repousse encore.

Iole, tremblant pour celui qu'elle aime, se sacrifie enfin. Hercule s'éloigne triomphant et va faire procéder aux apprêts de la cérémonie nuptiale.

Déjanire vient prendre Iole pour l'enlever ; mais la princesse refuse de partir, car elle a juré d'être à Hercule ! Philoctète paraît ! Aussitôt Iole s'élance vers lui, mais il la repousse, car il a tout compris et il sait à quel prix il a recouvré cette liberté qu'il maudit. Déjanire empêche Philoctète de s'éloigner, car elle espère pouvoir conjurer le sort qui les fait tous malheureux. Elle dit à Phénice d'aller prendre le coffret qui renferme la tunique de Nessus. Dès qu'elle le tient, elle en retire une tunique toute étincelante d'or et de pierreries. Elle la confie à Iole pour qu'elle en fasse don à Hercule, en retour des cadeaux qu'elle recevra.

LE CHŒUR

Gloire aux Dieux immortels !

CORYPHÉE, SOPRANO ET LE CHŒUR

HYMNE A EROS

O toi qui fais trembler la terre.
　　Le ciel et la mer,
Toi qui retiens le tonnerre
Dans les mains de Jupiter
Redoutable même à ta mère,
Enfant ailé, Dieu de l'amour !
　　Ecoute l'ardente prière
Qui s'épanche des cœurs blessés.

Saisis-toi de l'arc formidable
Arme-le du trait le plus fort
Frappe Hercule et que la blessure
Rallume en lui les feux éteints.
Frappe ses yeux, brûle son âme !
De ta victorieuse flamme
Embrase, Amour selon nos vœux
Celui, qui, parmi les Dieux même,
N'a jamais trouvé de vainqueur.

M. Gabriel FAURÉ

Professeur au Conservatoire National

M. Gabriel Fauré remporta le premier prix de piano en 1860 et de composition en 1861. A publié un grand nombre de romances, mélodies, morceaux de musique religieux, etc., pour orgue, piano et orchestre. A fait représenter l'*Organiste,* un acte, en 1887.

Professeur de composition au Conservatoire, organiste à la Madeleine, Chevalier de la Légion d'Honneur. Alternera au pupitre avec le Maître, aux représentations de *Déjanire*.

Quatrième acte

Le bûcher est achevé ; des guirlandes de fleurs et de feuillages sont attachées aux portiques du palais. De riches tapis couvrent les marches du Gynécée. Sur les trépieds fume l'encens. La foule se presse aux abords des portiques. Les filles d'Œchalie et de jeunes Héraclides se livrent à la danse. Le cortège descend ensuite du palais. Les serviteurs et les esclaves d'Hercule portent les présents destinés à Iole. Hercule vient à la suite du cortège entouré des principaux Héraclides, à l'exception de Philoctète qui se dissimule dans la foule et observe. Les Héraclides portent les attributs et les armes du héros. Leur chef reçoit la grande Lyre.

Hercule harangue le peuple et l'invite à se livrer à la joie et dit au chef des Héraclides d'exprimer la force de son amour.

Le Coryphée s'avance vers le Gynécée

Viens, ô toi dont le clair visage
Garde la fraîcheur du matin ;
Dont les grands yeux pleins de lumière
Ont des caresses de soleil.
Tes bras sont les puissantes chaînes
Qui me retiennent prisonnier
Et le parfum de ton haleine
M'est un enivrement d'amour.
O divine, reçois l'hommage
Que je t'offre d'un cœur soumis ;
Reçois les présents que j'apporte
Pour orner le seuil nuptial.
Je voudrais dépouiller la terre
Des cîmes jusqu'aux profondeurs,
Et t'offrir toutes ses richesses,
T'asservir toutes ses grandeurs.
Rien n'aurait de valeur égale
Au don de ta seule beauté.
Iole, viens, épouse et reine,
Abaisse tes regards vers nous.

Iole paraît avec ses compagnes ; elle porte en ses mains le coffret qui renferme la tunique de Nessus. Elle accepte l'hommage et les présents d'Hercule et lui offre en échange la tunique qui possède, lui dit-elle, un pouvoir d'amour merveilleux. Hercule la reçoit avec joie et promet de la revêtir pour la cérémonie nuptiale. Il l'invite à aller se parer du voile des épouses, Iole se retire dans le Gynécée et Hercule rentre au palais.

Déjanire, confondue dans la foule avec Phénice et Philoctète, est dans l'attente du prodige qui va s'opérer, dès que les rayons du soleil frapperont la robe de Nessus.

DIVERTISSEMENT

Coryphée et Chœurs

Au son des flûtes de Phrygie
Et des larges tambours d'airain,
Au tintement clair des crotales,
Au frémissement des cymbales,
Au son des luths aériens,
Dansez sur les marbres polis !
Mêlez aux musiques barbares
Les tendres accents ioniens !

Lyres, chantez ! Sonnez, fanfares !
Bondissez, agiles danseurs !
Glissez à pas légers, mes sœurs !
Tournez, rondes vertigineuses !
Vous, prêtresses voluptueuses
Mimez les mystères sacrés
Vous, guerriers aux jeux héroïques,
Célébrez d'antiques exploits ;

Au son des flûtes de Phrygie
Et des larges tambours d'airain
Au tintement clair des crotales,
Au frémissement des cymbales,
Eclate divine allégresse
Descends, Vénus sur ces autels !
Verse, ô bienfaisante Déesse
Ton ivresse au cœur des mortels !

O Jupiter, Dieu, Père, Souverain
Maître des hommes et des choses,
Reçois cet encens que l'Arabe recueillit
              [sur les arbres de Saba !
Reçois le vin de la coupe sacrée
Et dans un rayon de soleil,
Descends sur le bûcher et sur l'autel
Pour consacrer son hyménée.

DÉJANIRE

Divertissement

QUATRIÈME ACTE

A la fin du divertissement, Iole paraît sous le voile nuptial. Les danseurs et les musiciens se massent pour recevoir Hercule qui descend du palais, le front ceint d'une couronne de peuplier blanc et vêtu de la tunique offerte par Iole. Le héros prend Iole par la main et la fait asseoir au milieu des Héraclides.

Après les apprêts des sacrifices, on présente à Hercule la coupe pour les libations. On entend une douce symphonie. Hercule offre l'encens à Jupiter, son père, et invite un rayon de soleil à descendre sur le bûcher pour consacrer son hyménée. Le chœur chante. Le soleil inonde de lumière le fils de Jupiter, tandis qu'il verse le vin pour les libations. Tout à coup, il laisse tomber la coupe et porte la main à sa poitrine. Il pousse des rugissements de douleur et s'écrie que le feu le dévore! Il se précipite au milieu de la foule et tombe comme foudroyé sur les marches du palais.

Phénice évoque les puissances obscures pour le sauver. Déjanire est glacée d'effroi et le peuple de terreur. Déjanire comprend alors la ruse infernale du Centaure. Elle maudit Junon et se livre au plus violent désespoir. Hercule souffre horriblement et croit voir l'ombre vengeresse de Déjanire. Il éloigne ceux qui veulent le secourir. Il réclame la mort à grands cris et arrache la tunique avec des lambeaux de ses chairs.

Tout à coup il se relève, saisissant les torches des mains des serviteurs, il les jette sur le bûcher et s'y précipite lui-même en invoquant Jupiter, son père. Déjanire, affolée par le désespoir, se frappe d'un coup de poignard et tombe en tendant ses bras vers le bûcher.

APOTHÉOSE

Lorsque la fumée se dissipe, Hercule apparaît debout, le visage radieux, sur le bûcher.

CHŒUR

Puissant maître de la nature
S'il est encore quelques fléaux
Qui doivent désoler la terre
Suscite-nous un tel héros !
L'invincible Hercule succombe
Mais il se relève immortel !

M. MAS

Maire de Béziers

M. MAS est né à Béziers; ancien avoué, il fut nommé maire en 1887, député en 1890, il a rempli son mandat jusqu'au 8 mai 1898. Administrateur dévoué à sa ville natale, Béziers lui doit les Halles centrales, le prolongement de la rue de la République, de l'avenue Nationale, les écoles, etc. C'est sur son initiative que l'avenue de Bessan porte les noms de : Saint-Saëns et Gallet.

LOTION DEQUÉANT

La Lotion Dequéant

seule détruit le SEBUMBACILLE

microbe de la calvitie vulgaire

Découvert et isolé par **L. DEQUÉANT**, *Pharmacien*

38, rue de Clignancourt, **PARIS**

HYGIÈNE DE LA CHEVELURE

Disparition des *Pellicules*, diminution progressive de la *Séborrhée grasse* suppression des *Démangeaisons*

Traitement rationnel de la Calvitie et de la Canitie

Guérison de toutes les affections du cuir chevelu, de la barbe, des cils, des sourcils : *Teigne, Pelade, Psoriasis, Pityriasis, Favos*, etc.

Petit Flacon d'essai : **5** francs; Grand Flacon : **25** francs
Le Litre : **40** francs

N.-B. — Une brochure explicative *(Extrait des Mémoires à l'Académie de Médecine)* sera envoyée **gratuitement** à toutes les personnes qui en feront la demande à M. DEQUÉANT, Pharmacien, 38, rue de Clignancourt, Paris, ou à M. MARILL, PHARMACIE DU PROGRÈS, à Béziers.

M. BOYER

M. Boyer, né à Béziers, est un des meilleurs élèves du Conservatoire. Il possède une superbe voix de baryton. Il est déjà engagé à l'Opéra-Comique.

Il prendra part au festival du lundi 28 août.

Hautes Nouveautés

POUR DAMES

GRANDS MAGASINS

A la Tentation

BÉZIERS

MAISON MAJOU & BERGERET

Assortiments Incomparables

EN

SOIERIES ✳ LAINAGES ✳ TOILES
CONFECTIONS
TISSUS POUR AMEUBLEMENTS
TAPIS POUR APPARTEMENTS

Maison Spéciale pour Corbeilles de Mariage

 **PRIX FIXE**

CONSEIL MUNICIPAL

DÉLIBÉRATIONS

Séance du 18 novembre 1898

M. le docteur Sɪᴄᴀʀᴅ, premier adjoint, expose ce qui suit :

Messieurs,

Vous avez certainement encore présentes à la mémoire les splendeurs inoubliables de la création de la *Déjanire*, de Camille Saint-Saëns et Louis Gallet, dans les arènes de notre ville. Vous avez certainement aussi éprouvé une légitime fierté à voir notre cité — que des esprits chagrins ou envieux disaient réfractaire aux nobles manifestations de l'art — choisie par le génie du Maître et la virtuosité du poète pour une tentative artistique sans précédent dans les annales du Théâtre en France.

Vous avez enfin pu voir, deux jours de suite, aux dates mémorables des 28 et 29 août 1898, dix mille spectateurs (pris parmi toutes les classes de la société) suspendus aux lèvres des éminents tragédiens de l'Odéon. de ces chanteurs d'élite : Mˡˡᵉ Bourgeois et Valentin Duc ; de ces phalanges de musiciens, des chœurs, de l'orchestre ou des musiques d'harmonie, et pénétrés de cette émotion sacrée que seuls les chefs-d'œuvre ont le don de faire ressentir.

Dès le lendemain de cette solennité, la municipalité de Béziers avait décidé de vous proposer de donner à deux de nos avenues les noms des auteurs de *Déjanire*. L'événement était si considérable qu'il était juste, en effet, que notre Ville consacrât par un souvenir impérissable l'honneur qui lui avait été fait. Aujourd'hui, l'œuvre a subi la solennelle consécration de la capitale. La gloire de Saint-Saëns en a reçu un lustre nouveau, si tant est que le Maître, à l'apogée de son génie, ait besoin d'ajouter de nouveaux fleurons à sa couronne. Louis Gallet, hélas ! n'est plus, mais sa mémoire reste toujours vivante en nos cœurs et ses droits à notre reconnaissante admiration n'en sont pas moins indiscutables.

Nous vous proposons donc de donner par acclamation le nom d'avenue Saint-Saëns à la partie de l'avenue de Bessan qui s'étend des allées Paul-Riquet au débouché de l'avenue de la République dans cette avenue, et celui de Louis-Gallet à la portion de cette même avenue qui va de ce débouché aux arènes.

L'avenue de Bessan reprendrait son nom depuis les arènes jusqu'à son point terminus. Les plaques indicatrices de ces deux nouvelles avenues porteraient enfin la date du 28 août 1898.

M. ROUSSELIÈRE

de l'Opéra

Elève distingué du Conservatoire, est déjà engagé à l'Opéra. C'est un ténor de grand avenir.

Prendra part au festival du lundi 28 août.

Le Conseil municipal adopte par acclamation et à l'unanimité la proposition de M. le docteur SICARD, premier adjoint, et charge M. le Maire d'en assurer l'exécution.

Le Conseil décide qu'une expédition de la présente sera adressée à M. Saint-Saëns et à la famille de Louis Gallet.

Paris, 3 décembre 1898.

Mon cher Mas,

Veuillez, je vous prie, être l'interprète de mes sentiments de reconnaissance envers le Conseil municipal de Béziers. J'ai été surtout touché qu'il ait eu la pensée de réunir Gallet et moi dans cette manifestation si vivante de sa sympathie.

Veuillez agréer, etc.

C. SAINT-SAËNS.

3 décembre 1898.

Monsieur,

Très vivement touchées de la part que vous prenez à notre grande douleur, ma sœur et moi, nous venons vous en remercier de tout cœur et vous prier de bien vouloir transmettre au Conseil municipal de Béziers nos plus chaleureux remerciements pour le plus grand honneur qu'il vient de faire à la mémoire de notre bien cher frère et dont nous lui sommes profondément reconnaissantes, car cet honneur qu'il savait devoir lui être réservé a été, avec le triomphe de *Déjanire*, une de ses dernières joies.

Veuillez croire, etc.

Marguerite GALLET.

GRANDS MAGASINS ROUSSET

Donnadieu Frères

BÉZIERS

HAUTES NOUVEAUTÉS

POUR

Modes, Robes et Confections

RUBANS	**DENTELLES**	**CRAVATES**
PARFUMERIE	**LINGERIE**	**BONNETERIE**
CORSETS	**SOIERIES**	**PARAPLUIES**

PASSEMENTERIE

CHAPEAUX modèles dernière Création

RAYON SPÉCIAL DE CONFECTIONS

pour Dames et Enfants

SEUL DÉPOT DU GANT PERRIN DE GRENOBLE

Seule Maison à Béziers, présentant à sa Clientèle les
dernières Nouveautés, dès leur apparition à Paris

Mlle PALASSARA

Dès sa jeunesse elle obtint de bien grands succès sur le piano. Elle travailla le chant avec Tagliafico et avec Mme Viardot. Douée d'une bien jolie voix, physiquement bien favorisée par la nature, elle est appelée à un grand avenir artistique. Elle doublera au besoin Mlle Bourgeois et figurera au programme du festival qui sera donné au théâtre, le lundi 28 août.

BÉZIERS aux ARTISTES

———————— ✳ ————————

Merci, nobles enfants de l'Art, race bénie,
Vous qui venez à flots répandre l'harmonie
Dans le calme embaumé de mon ciel éclairci,
Et joindre au pampre vert qui m'ombrage la tête
Le rayon emmiellé d'une fleur de l'Hymette.
   O poètes, encor merci !

C'est qu'aux vôtres toujours je fus hospitalière.
Phœbus verse à torrents une même lumière
Sur les crêtes du Pinde et sur mes horizons ;
Ce sont les mêmes mers qui baignent mes rivages ;
Vénus, sortant de l'onde, a tordu sur mes plages
   Sa torsade de cheveux blonds.

Depuis, je suis la mère adorée et féconde.
Et pour que leur amour à mon amour réponde,
Aux artistes sacrés j'ouvre de larges bras.
Leur baiser filial a payé ma caresse ;
Et je n'ai plus besoin d'envier à la Grèce
   La gloire de son Phidias.

Nous sommes le Midi. De nos sœurs de l'Attique
Nous avons su garder le parler harmonique
Et le sel. De Paros le Midi n'est qu'un bloc ;
La brumeuse Gascogne et la claire Provence,
Comme en un vase grec, s'arrondissent en anse
   Aux flancs dorés du Languedoc.

Mes enfants ont l'amour des sublimes spectacles.
Ils conservent au cœur, comme en des tabernacles,
Le feu que Prométhée à l'Olympe ravit.
Jadis un vent du nord put la couvrir d'un voile...
Mais un souffle est passé mol et doux, et l'étoile
   Etincelle mieux au zénith.

M. VASQUÈS

M. Vasquès, maître de ballet de l'Opéra, aura sous sa direction le ballet composé de soixante ballerines qui danseront le divertissement du quatrième acte.

Maîtres, aujourd'hui c'est une de ces aurores;
Il monte dans mon ciel comme des météores...
Et de tous les côtés s'empressant d'accourir,
Enfiévré, haletant, tout un peuple en délire,
Vient, pleurant sur Iole et plaignant Déjanire,
   Contempler Hercule mourir.

Et c'est un de mes fils qui m'aime — et j'en suis fière —
Qui généreusement jette cette lumière
Sur les murs éblouis de ma vieille cité;
Unissant Melpomène, Euterpe et Terpsichore,
Il fait, en ses splendeurs, d'un geste large, éclore
   Un vieux monde ressuscité.

Et déjà dans la vaste enceinte des Arènes,
Rappelant l'Acropole et le Pnyx, tout Athènes,
Comme les murs de Thèbes à la voix d'Amphion,
Les temples, les palais et mainte colonnade
S'enlèvent sur les monts dentelés de l'Hellade,
   Sous la palette de Jambon.

Accordez le théorbe et nouez le cothurne !
Il faut aux grands héros un spectacle diurne.
Pour eux Gallet s'abreuve aux sources d'Illissus;
Après Sénèque, après Sophocle, il prend Hercule
Et le jette, hurlant, sur le bûcher qui brûle,
   Dans la tunique de Nessus !

Et toi, musicien, tends les cordes d'Orphée !
La grande Coryphée et le grand Coryphée
Sont prêts à répéter ses magiques accents !
Harpes, vibrez; airains, sonnez; dites la guerre,
La victoire, l'amour, la pitié, la colère
   Et toute l'âme et Saint-Saëns !

Grâce à toi, fier aède, à toi, sublime Maître,
Tout nouveau de la scène un ordre vient de naître...
Et dans ce jour, Paris si fertile en lauriers
Me permet, pour vos fronts où le grand Art rayonne,
De tresser en hommage une simple couronne
   Avec la flore de Béziers !

        Paul PAGET.

Béziers, 25 août 1898.

M. JAMBON

Peintre-Décorateur de l'Opéra

M. JAMBON est entré comme élève chez MM. Rubé et Chaperon, en 1861, et, jusqu'en 1891, c'est-à-dire pendant trente ans, il n'a pas quitté ces messieurs, avec lesquels il a été associé pendant les dix dernières années.

Depuis 1891, M. Jambon exerce seul son art, à son compte, et il travaille toujours pour les théâtres subventionnés et les grandes scènes de Paris, l'Etat et la Ville de Paris. Il est l'auteur des beaux décors de *Déjanire*.

LES VENDANGES

Le voici venu, le mois des vendanges !
Hardi, les garçons ; allons, hors des granges !
Le temps est passé des jours paresseux.
Hardi, les tendrons aux mines coquettes !
Laissons les fichus et les collerettes
Et ne songeons plus aux beaux amoureux.

    Aux feux du soleil de septembre,
    Le grain, lamé de jais ou d'ambre,
    Mûrit sous les pampres ombreux,
    Et la terre, fidèle amante,
    Dans le sein du fruit qui fermente,
    Verse à flots un jus savoureux.

Cueillons les raisins, emplissons les cuves !
Que du vin naissant les tièdes effluves
Réveillent nos sens aux désirs lassés,
Autour du pressoir sonnant en cadence
Chantez, les garçons ! Filles, à la danse !
Déroulez gaiement vos bras enlacés !

Buvez à pleins bords ! Le vin, c'est la vie :
Nargue du censeur miné par l'envie,
C'est fête aujourd'hui pour le cep vainqueur !
Laissez au tréfonds de vos verres vides
Les soucis amers, les regrets arides.
Oubliez surtout vos peines de cœur !

Dr SICARD.

Août 1898.

Les « Vendanges » du docteur Sicard, officier d'académie, premier adjoint au maire, furent chantées au kiosque de la place de la Citadelle, le 29 août 1898, par Mlle Bourgeois.
La poésie a été mise en musique par le Maître Saint-Saëns.

M. AZÉMA

Baryton, élève du Conservatoire, engagé à l'Opéra-Comique. Prendra part au Festival du lundi 28 août.

CHANTS D'AUTOMNE

Des chênes touffus et des ceps moroses
Les frondaisons d'or tombent lentement
Au souffle d'Eurus effeuillant les roses
Et voilant de gris le gai firmament.
Voici l'âpre saison et chacun se prépare :
  Le vigneron, d'un œil avare,
Sur ses tonneaux emplis veille amoureusement,
  Et l'abeille, frileusement,
Regagne à vols pressés la ruche bourdonnante,
Tandis que l'alouette, aux frissons du matin,
  Lisse sa plume et, l'air mutin,
Chansonne le soleil de sa note perçante.
  Belle enfant, pourquoi t'attrister
  Au deuil apparent de la terre?
Du Dieu d'amour la force est un mystère,
  Rien ne saurait lui résister!
  L'amant que tu crois infidèle,
  Dès le retour de l'hirondelle,
Sentira bouillonner l'ardeur d'un feu jaloux.
  Enfant, chéris-le comme il t'aime,
  Et, dans une étreinte suprême,
  Donne-lui le nom d'un époux.
  Et toi, petit soldat de France,
Qui va mourir demain à l'ombre du drapeau,
  Payant du sang le noble impôt;
  Petit conscrit, noble espérance,
  Garde vivant au fond du cœur
  Le culte du pays vainqueur
Qui vit naître Bayard, Duguesclin et Turenne.
Des peuples envieux, aveuglés par la haine,
De son génie au clair et pur rayonnement,
  Caressant le rêve insolent
  D'immoler l'auguste blessée
  Songe à Joyeuse et Durandal;
  Et tenant sur ton sein pressée
  La garde de ton fer loyal,
De lauriers à venir laisse-nous l'espérance,
  O cher petit soldat de France !

Novembre 1898.   Dʳ SICARD.

Les « Chants d'Automne », musique de Saint-Saëns, ont été dédiés à la Chorale bitterroise par le Maître. Ils seront chantés par notre excellent orphéon pendant nos fêtes de 1899.

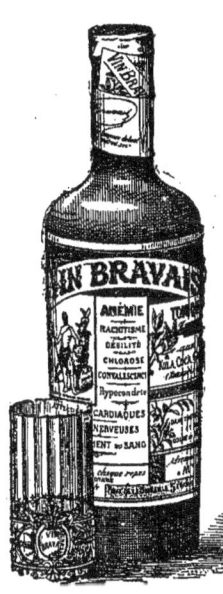

CAISSE D'ÉPARGNE

de Béziers

La façade est décorée par le maître Injalbert. L'architecte de ce monument est M. Michel. Elle fut inaugurée en 1888. M. Mas, maire.

LES ARÈNES

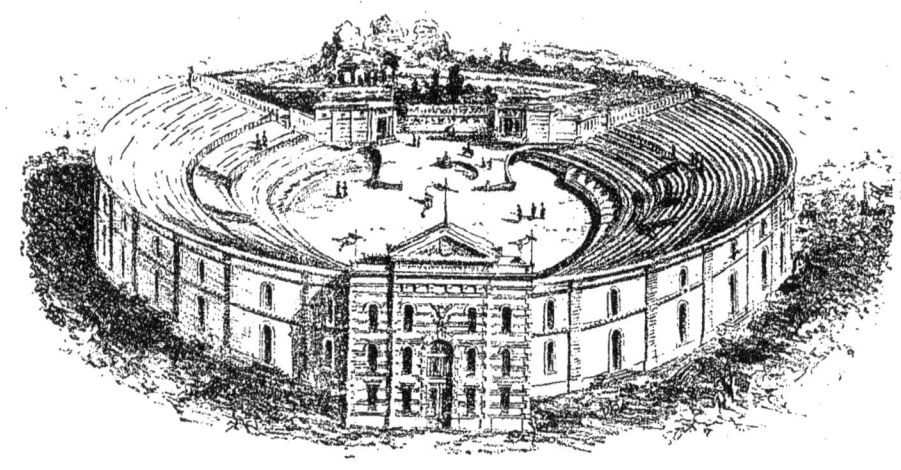

C'est en 1896 que la première pierre des Arènes a été posée. Elles ont été construites sur le plan des Arènes de la rue Pergolèse de Paris. Les proportions sont immenses. La piste compte cinquante-deux mètres de diamètre. Elles peuvent contenir seize mille spectateurs commodément assis et ayant tous vue sur la piste tout entière, car l'inclinaison de l'amphithéâtre est très prononcée.

Les travaux poussés d'abord avec une activité fiévreuse, s'arrêtèrent tout à coup et l'inauguration eut lieu avant l'achèvement complet du monument, qui depuis lors est resté avec la même solution de continuité dans la double enceinte. On évalue à une trentaine de mille, le capital nécessaire pour parachever ces belles arènes qui, au point de vue du confort et de la commodité, n'ont pas de rivales en France. Elles ont coûté à cette heure plus de quatre cent mille francs, sol compris.

Elles présentent une particularité des plus remarquables et dont a tiré merveilleusement parti M. Saint-Saëns.

C'est la sonorité et l'acoustique qui peuvent rivaliser avec celles des meilleures scènes.

Tous les spectateurs des deux représentations de *Déjanire* furent émerveillés de la fidélité avec laquelle ils percent avec les plus délicates nuances de la tragédie, les faibles inflexions de voix de Mmes Rabuteau et Segond-Weber.

ARÈNES DE BÉZIERS

Instantané d'une Course de Guerrita

Nous devons cette photographie à notre aimable confrère, M. Roué, de l'*Illustration*.

Cette vue représente la loge de la Presse et la partie des arènes, à gauche de la Présidence.

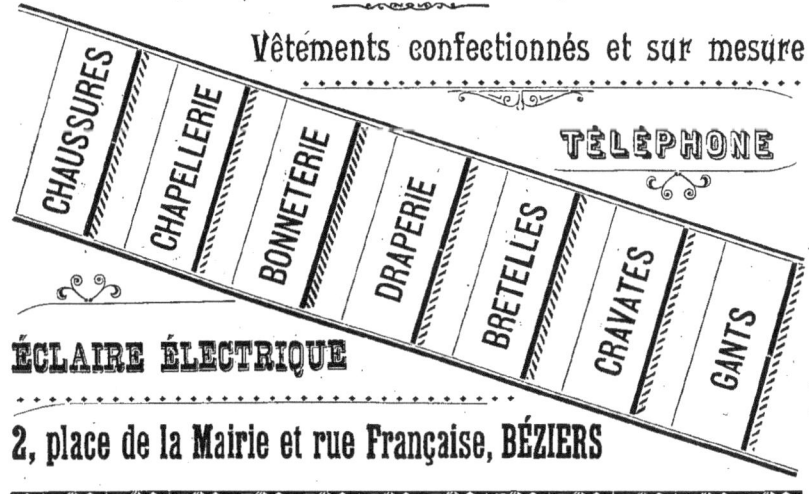

THEATRE

Le plan du Théâtre de Béziers fut dressé par M. Isabelle, architecte toulousain. Sa construction en style grec est remarquable. Les bas-reliefs en terre cuite sont du maître David d'Angers; l'autre partie de sculpture a pour auteur Gouin.

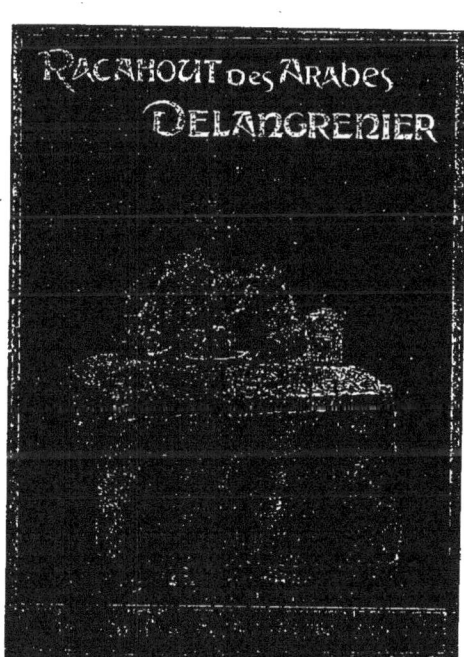

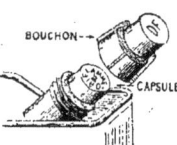

MAIRIE DE BÉZIERS

LA TOUR EN FACE, SUR LA PLACE, EST DE 1749
(On remarque l'entrée de la nouvelle rue Nationale.)

LE TITAN

INJALBERT

La fantaisie du plateau, œuvre d'Injalbert.
Le Titan est en bronze, les autres sujets en marbre.
(Vue du plateau intérieur.)

STÉRILISATEUR J. BACHELET

VENTE : 50, rue du Temple — PARIS

et dans toutes les Pharmacies

LE PLUS SIMPLE
LE PLUS PRATIQUE
LE MEILLEUR MARCHÉ

Servant principalement à la

stérilisation du lait

et des liquides alimentaires

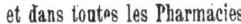

La stérilisation complète ne peut s'obtenir que par un bouchon caoutchouc obturant parfaitement l'ouverture du flacon; mon modèle déposé est celui qui, jusqu'à ce jour, remplit exactement ces conditions.

MODÈLE DÉPOSÉ

Par sa forme conique, évidée au centre, il s'adapte parfaitement aux parois de n'importe quel flacon; il a donc ceci de supérieur de ne pas nécessiter de flacons spéciaux et coûteux à se procurer.

APPAREIL COMPLET

de **5** flacons de **150 gr.**, avec marmite étamée comprise. Prix au public **7 fr. 50**, franco domicile **8 fr. 75**
de **9** — — — **10 francs** — — **11 fr. 50**

Chaque appareil est muni d'un goupillon pour le nettoyage des flacons et d'une tétine à soupape spéciale

PIÈCES DE RECHANGE
- **Bouchons caoutchouc**............ Prix au public, la pièce » **50**
- **Tétines spéciales**................. — — » **50**
- **Flacons de 150 gr.**, goulot rodé.. — — » **20**

MODE D'EMPLOI :

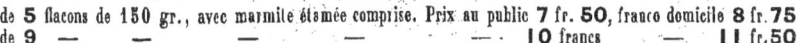

1° Verser dans chaque flacon la quantité de lait nécessaire pour une tétée, sans toutefois dépasser l'épaulement du flacon, de façon à laisser un espace vide de trois à quatre centimètres;

2° Poser le bouchon caoutchouc sur le goulot du flacon, **sans forcer pour le faire entrer;**

3° Les flacons ainsi préparés sont mis dans le porte-bouteilles et ensuite dans la marmite que l'on remplira d'eau jusqu'à l'effleurement du niveau du lait contenu dans les flacons; recouvrir la marmite et faire bouillir le tout au moins pendant quarante à quarante-cinq minutes;

4° Après l'ébullition, retirer le panier de la marmite en ayant soin de ne pas toucher aux bouchons, laisser refroidir. L'air ayant été chassé de l'intérieur du flacon pendant l'ébullition, en refroidissant le vide se produit et la pression atmosphérique suffit pour faire enfoncer et adhérer fortement le bouchon aux parois du flacon.

Le lait ainsi stérilisé peut se conserver pendant très longtemps, mais il est toujours préférable de ne stériliser que la quantité à consommer pour les vingt-quatre heures.

Le conserver dans un endroit frais. Au moment de le donner à l'enfant, faire tiédir le flacon de lait stérilisé dans un bain-marie, enlever le bouchon et adapter la tétine spéciale sur le flacon. Ne jamais transvaser le lait dans un autre flacon.

Au cas où l'enfant ne prendrait pas la quantité contenue dans le flacon, jeter le reste, une bouteille débouchée ne devant jamais servir deux fois.

Les personnes désirant couper le lait doivent le faire avec de l'eau pure et faire le mélange avant la stérilisation.
Je ne saurais trop recommander la propreté des flacons avant la stérilisation.

Dépôt général pour la Région : PHARMACIE J. MARILL

Allées Paul-Riquet — BÉZIERS

LE TITAN

INJALBERT

FONTAINE DU PLATEAU
(Vue par l'arrivée du jardin.)

SAINT APHRODISE

DE

J.-NOEL SYLVESTRE - PREMIER PRIX DU SALON

Ce tableau, acheté par un de nos compatriotes,
représente l'apôtre des Gaules, Saint Aphrodise, arrivant à Béziers
sur sa monture africaine.
J.-Noel Sylvestre a magistralement traité ce sujet.

LE CHRIST

de J.-NOEL SYLVESTRE - PREMIER PRIX DU SALON

Ce Christ figure à l'Eglise Saint-Nazaire,
où il fait l'admiration des visiteurs de notre remarquable Cathédrale.

Tisane du Laboureur

PURGATIVE, DÉPURATIVE, LAXATIVE, RAFRAICHISSANTE
DIURÉTIQUE ET DIGESTIVE

LA plus active et la plus agréable de toutes les tisanes, guérit la constipation et les migraines qui en sont la conséquence, les étourdissements, les vertiges, les embarras gastriques (ou digestions difficiles), les douleurs sciatiques et névralgiques, les crampes d'estomac, les maladies des intestins, les vices du sang et les humeurs.

Notre tisane, d'un goût agréable et d'un effet certain, ne nécessite ni dérangement ni repos, elle agit doucement, sans fatigue, ne produit ni coliques, ni nausées, les estomacs les plus délicats la supportent très facilement.

Son usage est tout indiqué, en attendant l'arrivée du médecin, dans les cas de congestions ou de paralysie (attaques).

Les familles prévoyantes devront toujours avoir en réserve, comme remède préventif, un étui de notre précieuse tisane.

MODE D'EMPLOI :

DOSE PURGATIVE. — Verser le contenu d'un paquet dans la valeur de deux tasses d'eau bouillante, laisser infuser dix bonnes minutes, passer et sucrer, boire chaud, en deux fois, à un quart d'heure d'intervalle, de préférence le soir en se couchant, l'effet purgatif se produit au réveil.

Pour les jeunes gens de quatorze à quinze ans, la dose purgative est d'un demi-paquet, pour les enfants de sept ans et au-dessus, un quart de paquet.

COMME LAXATIF dans la constipation, les vertiges, les congestions, les migraines, les douleurs, etc., etc.

Le quart d'un paquet à prendre en infusion dans une seule tasse, le matin ou le soir, tous les jours ou tous les deux jours, selon l'effet produit.

Prix de l'étui renfermant deux paquets : **40** *centimes*

Vente en gros : A. DUMAYNE, pharmacien, ❀, à Perpignan (P.-O.)
et chez les principaux Droguistes

DÉTAIL DANS TOUTES LES BONNES PHARMACIES

Dépôt exclusif à Béziers : Pharmacie MARILL, **23**, allées Paul-Riquet

LE CHAMEAU

Le Chameau est en vénération à Béziers, par ce que la légende rappelle que saint Aphrodise, le patron de la ville de Béziers, vint dans le midi monté sur cet animal du désert. Depuis le vᵐᵉ siècle il est de toutes les fêtes. Il fera donc une sortie pour les fêtes de *Déjanire*.

COMPAGNIE FRANÇAISE

DU CENTRE & DU MIDI

pour l'Éclairage au Gaz

⇢ USINE DE BÉZIERS ⇠

Magasins d'Appareils, Vente et Exposition :

ALLÉES PAUL-RIQUET

Bureaux, Abonnements, Réclamations : AVENUE DE BESSAN

ÉCLAIRAGES HYGIÉNIQUES

Par les **Lampes Wenham** à ventilation, réalisant l'élimination des produits de la combustion et de l'air vicié.

ÉCLAIRAGES ÉCONOMIQUES

Par les **Becs à incandescence, système Auër, 100 °/₀ d'économie,** sur tous les systèmes connus. Lumière fixe, ne fatiguant pas la vue. Combustion complète du gaz, plus de fumée, plus de plafonds noircis.

CUISINE AU GAZ — Rapidité, Propreté, Économie

Suppression des manutentions malpropres et désagréables, des combustibles encombrants et chers, comme : charbon, sarments, fagots, etc

La maîtresse de maison peut aller et venir, sans crainte de se salir, de son salon à sa cuisine.

Le réglage facile et précis de la flamme offre des facilités uniques pour la confection du pot-au-feu, permet de donner aux sauces finesse et moëlleux

Les rôtis et grillés au gaz ne perdent que 7 °/₀ de leur poids. Ceux au sarments perdent **23** °/.. La flamme du gaz étant placée au-dessus de la pièce à rôtir, tout le jus tombe dans la lèchefrite.

PETITS RÉCHAUDS AU GAZ

Pour faire chauffer : Eau pour la barbe, tisanes pour malades.

CALORIFÈRES AU GAZ

Permettant de chauffer les appartements instantanément et de supprimer la dépense dès que la chaleur est suffisante.

L'HYDROTHÉRAPIE CHEZ SOI

Mise à la portée de tous par les bains et douches chauffées au gaz, un bain se prépare en 10 minutes avec une dépense de 30 centimes.

LES MOTEURS A GAZ

S'installent partout avec facilité, ne consomment rien au repos, se mettent en marche instantanément en ouvrant un simple robinet.

LE COKE DE GAZ

Ne produit pas de fumée et très peu de cendres.

LE GOUDRON DE GAZ

Constitue une peinture antiseptique et économique.

SAINT-ÉTIENNE. — IMPRIMERIE MODERNE STÉPHANOISE. — PLOTON, CHAVE & BOUSSARD, DIRECTEURS.